骑鸥者

石斌斌 著

天津出版传媒集团

百花文艺出版社

图书在版编目（CIP）数据

骑鸥者 / 石斌斌著. -- 天津 ：百花文艺出版社，
2024. 6. -- ISBN 978-7-5306-8867-0

Ⅰ. I227

中国国家版本馆 CIP 数据核字第 2024F7G957 号

骑鸥者
QI OU ZHE

石斌斌　著

出 版 人：薛印胜
责任编辑：张　雪
装帧设计：吴梦涵
出版发行：百花文艺出版社
地址：天津市和平区西康路 35 号　　邮编：300051
电话传真：+86-22-23332651（发行部）
　　　　　　+86-22-23332656（总编室）
　　　　　　+86-22-23332478（邮购部）
网址：http://www.baihuawenyi.com
印刷：三河市华东印刷有限公司
开本：880 毫米×1230 毫米　1/32
字数：160 千字
印张：5
版次：2024 年 6 月第 1 版
印次：2024 年 6 月第 1 次印刷
定价：58.00 元

如有印装质量问题，请与三河市华东印刷有限公司联系调换
地址： 三河市燕郊冶金路口南马起乏村西
电话：19931677990　邮编：065201

人生为什么需要诗歌

——序石斌斌诗集《骑鸥者》

《礼记》据传为孔子的七十二弟子及其学生所作，西汉礼学家戴圣编，书中有这样的记载："天子五年一巡守。岁二月，东巡守，至于岱宗，柴而望祀山川，觐诸侯，问百年者就见之。命大师陈诗，以观民风。"班固所著的《汉书·食货志》也有基本相同的记录："孟春之月，群居者将散，行人振木铎徇于路，以采诗，献之大师，比其音律，以闻于天子。"那么，什么叫"陈诗"？东汉末年儒家学者郑玄如此注解：陈诗，谓采其诗而视之。由此可知，最早的中国诗歌，产生于民间，主要反映广大民众的生活与心声，也成为上层管理者了解民情、治国理政的途径和工具，有明确的功用性。这样的文学表现形式，既可以拿来阅读，又可以配乐歌唱，历经两千多年的发展变化，逐渐形成了源远流长、生生不息的传统，潜移默化地影响着一代代用汉语文字记录生存、表达思考的中国人。文言文，是以先秦时期的口语为基础而形成的书面语言。在采诗人和创作者的努力下，用文言文来书写的中国诗歌，很快形成了高级的语言形式和审美标准，以致在唐代把中国文学推上了一个辉煌灿烂的高峰；"五四"以后的中国新文学，提倡白话文写作，中国诗歌自此转入新的轨道，经过百年探索与积累，虽尚未形成新的文学高峰，却已展现了丰富的、活力充足的诗歌面貌。在电子网络全球化发展的当下，青年诗人们可以轻而易举地获取包括中国古典诗歌、中国现代诗、中国当代诗和西方翻译诗在内的各种诗歌资源，实现自己的诗歌研习与拓展。不少青年诗人更是以发展新诗和创新语言表达为己任，积极参与到当代中国诗歌建设的行列中来，展现了自己的诗歌情怀和文学理想。2001 年生于北京的青年诗人石斌斌，至今创作了 1000 余首诗歌作品，显露了一个后起者的理想主义的特质。他发表在《诗潮》《诗歌月报》《解放军报》《南方文学》等刊物上的一些诗作，不乏奇崛的想象力和突出的语言表现力，引起了诗歌同行的关注。

《骑鸥者》是石斌斌的第一部诗歌精选集，收录了他近两年创作的 110 首诗。从《车窗》《马》《码头》《种子》《晨雾》《大雁》《街景》《沙漠里的骆驼》《咖啡》《路》《碗》《珞珈山的樱花》等诗作的题目，便可粗略发现：这位年仅 20 出头的诗人虽身居城市且现今仍未离开校园，却能通过对现实生活的观察、发现切入自己的诗歌创作，而不是跟一些初学者那样在象牙塔时光的掩映之下，陷于青春期的空想与呓语。换句话说，这位诗人虽然很年轻，却已意识到切实观察、准确表达在文学创作上的重要性。这体现了诗人对诗歌创作有比较端正的认识，也反映了诗人具有一定的文艺悟性。此外，仅仅从《那年夏夜》《散步》《相遇》《失忆》《静听》《沉默》《幸福》《心跳得那么快》《在每一颗雨滴碎裂的时候》《折不弯》《燃烧》《吻》《走在盛秋的道路上》《阳光一样成长》等诗作的标题，也能猜想到诗人拥有一颗颇为敏感的心灵，他的写作倾向于直面现实、感受生命；其语言表达，在"感受力"的体现上必然有突出之处。具体到他的诗歌文本，可以通过下面的几首短诗来了解他的语言特点和诗歌追求。

在国际风云突变和中国社会急剧转型的时代背景下，现实处境与成长难题，致使许许多多的年轻人肩负着不同于父辈的双重压力，他们多多少少都有言说的冲动，现年23岁的石斌斌也不例外。因此，在《车窗》的前两节，可以看到他既不交代日常经历，也不铺陈所见所闻，而是选择了快速进入胸臆之直抒："我并不想告诉你／梦想中的风景／如何在长途旅行之中／渐趋枯萎／／我并不想告诉你／从我脚下开始／到另一座城的距离／包括遗忘的姓名。"这样的表达，难免突兀之嫌，却能收到直截、干脆的语言效果，可见其侧重对精神世界的观照和思想感情的直达。与《车窗》相似的诗，并不少见，例如《沙漠里的骆驼》，就是其中之一，这首诗的第三节顺畅又有较好的节奏感："每一次日出时／你脸上神秘的笑容／都只不过是对前一夜苦痛的背叛。"在这里，诗人没有对景物形象（沙漠里的骆驼）进行描绘，没有对与景物有关的人事展开叙述，而是在观察发现之后，进入对景物的认识与理解。也就是说，他的这类诗的诗意，有着内进与深入的向度，而不是浮于浅层，这就要求他的语言——不能满足于在事物的表面印象上停留，而是要深入到事物的精神内核之中，从而把诗人的精神镜像与思想感情显现出来；另一首是《码头》，这首短诗写得顺畅，也是不加掩饰的情感抒发，能让人读出画面感，并且能够感受到诗中的情意。诗中的"码头"，没有在语言艺术表现上发挥很大的作用，只是为诗意的发生提供了现场环境而已："给我，你的手／就像悬崖把海给了海鸥／假如秋天里没有落叶／午夜里也不会有乡愁／就不会有人／也像你一样／浪迹天涯……"还有，《稗子》分三部分，整体构成跟其他诗作不同，但也是重在对思想的表达、对人生的理解，其一："没必要为求得成长坚实／尝遍每一粒盐／／所有幼年的哭声，全都长成／沉默的智齿。"这首诗同样显示了急于言说之弊，虽说语言功力欠弱，却能真实反映处于这个创作阶段的年轻诗人对诗歌的理解和追求，这既是诗人的收获本身，也是问题之所在。与上述诗作的表达方式和语言效果相近，却又有所区别的，是诸如《晨雾》《那年夏夜》这些重在处理"感受"和"知觉"的作品。《晨雾》所写的，不是作为景物的晨雾本身，而是对阳光透过晨雾照射之下的自我的敏锐发现和感知，诗人的日常体验、感受力和语言表现力，都得到了比较精彩的体现："透过迷蒙的晨雾／或仅是幻象／阳光射进我的骨骼／和我的心灵一起／呈现在青灰色的地板上／——闪耀金属光泽的粉末／或仅是尘埃。"《那年夏夜》在时间性上给出了交代，并不着力于夏夜景象的描写或渲染。诗中回顾了诗人经历的一场并没有太多陌生感的爱情，但其情味只有当事人才能真正知晓："那年夏夜／我们在雨中吵架／……／那年夏夜我把伞留给你／……／种子在果实里腐烂／抱着许久前／我们纠缠于树底的气息。"随机读到的这首夏夜，虽不是诗集中的质量超群之作，但有较高的完成度，语言简约、朴实，诗意集中，其情其味，耐人品读。

经过 1000 多首诗的高强度写作训练，石斌斌已经意识到：对于一首当代中国新诗，精炼、准确的语言表达到底意味着什么，难怪他写出了《深蓝的马》《马》《骑鸥者》等语言极简、诗意隽永的作品。这些诗作，还彰显了诗人很好的想象力和语言表现力，足以体现诗人在当代新诗创作中所能抵达的艺术高度。此外，这些诗作的分行、断句，也能说明诗人基本掌握了好诗的语感要求，以及他在语言节奏和韵律方面的理解和追求。开口诵读这首《深蓝的马》："抱着怀中深蓝的马／在干枯的沙漠中／沉沉睡去／长成草的根／让岁月在沉船的胸口上／践踏。"应该能体会到他目前的语言处理之精当程度。

上述的几首诗，都能扣着主体的心思和情意去表达，多有精彩之处，却也有玄空、虚飘的地方，是为不足，应引起注意。下面的几首诗，虽不完美，但题材出自烟火人间，诗意接地气，句子因实在而近人，情意因素朴而动心，值得一提："春天来了／樱花开了／明媚的四月醒了"（《珞珈山的樱花》）；"她久久地坐在那里／炉子里生着火／她坐在那里／一言不发"（《画像》）；"总喜欢一个人走夜路／……／总喜欢想象一座深夜温馨的咖啡馆／一个人蹲在篱笆旁将热带果实窥探"（《少年》）；"你说起我死去的爷爷，声音像是凋零的秋蝶／……／／有些身影一旦长久宁静，留下的回音永远颤动／奶奶，奶奶，你笑着看我，我沉默看天"（《你的秋天》）。

高层次的文艺作品，都具有朴实、自然的可贵特质。我们读"关关雎鸠，在河之洲"，读"静女其姝，俟我于城隅。爱而不见，搔首踟蹰"，读"野有蔓草，零露漙兮。有美一人，清扬婉兮"，能知道这样的语言贴近人心，让人感觉很舒服，因此，愿意用朴实、自然等词汇来形容。而什么叫"朴实"？什么叫"自然"？这不是一加一等于二这么简单、明确又具体的东西，回答起来并不容易，因此需要创作者潜下心来，甚至需要长时间去认知，去领悟，才可能抵达理解的塔尖。

孔子删诗，编成了诗三百，不会想到自己为后人奉献的这部作品，最终成为中国人传统诗教的源头性读物；更不可想象中国诗歌发展到二十一世纪的当下，逐渐丧失了两千多年来一直有着配乐、歌唱的功用，成为如今人们常说的"无用之用"。这是中国诗歌在这个网络时代的命运问题。而无论如何，在我们这个诗的国度，从前有很多人写诗读诗，现在仍然有不计其数的诗人和诗歌爱好者在写诗读诗。相信在遥远的未来，我们中国人同样不会放弃写诗读诗，这体现了中国诗歌顽强的生命力。毋庸置疑，有生命的事物，自然能生生不息。那么，我们的人生为什么需要诗歌？中国诗歌到底承载着什么样的道理呢？就让我们从这个夏天开始去思考，去发现吧。

符力

2024 年 5 月 27 日

目录

CONTENT

因为

所以酒店吞掉我的行李
那饥饿的箱子里
有破碎的回音，烂掉的海潮

听着落日，听着遮阳伞被风卷起
落入大海，或渔网的阴影
沉默的鱼群，保留在箱子里

像是经历了此生不该淋的冷雨
服务生，用写下账单的笔
画空手归来的渔夫，指针弯曲的钟表

车窗

我并不想告诉你
梦想中的风景
如何在长途旅行之中
渐趋枯萎

我并不想告诉你
从我脚下开始
到另一座城的距离
包括遗忘的姓名

关于遗憾与踏板
我并不想告诉你
控制油门与刹车相同的动作
以及微殊迥异的一念

我并不想告诉你

路标的两级

究竟会沉向哪里

殊途同归的死亡界限

我并不想告诉你

我手中的厚茧

以及增生的骨节

如何被隐秘地点燃

我不想告诉你

青春的血液

如何化作疲惫的烟

如何高高升起又落下

黑眼睛

我梦见你，以飞鸟的形状
以寿命为力试探天空或海之疆

你有我的翼展、我的神经及我尊严的窄与宽
你在我的体温中偷渡

我梦见了你，黑眼睛
还有你被潮湿的云浸过了的青春的羽毛

马

当骨头骑上启程的马匹

马背上的你，在为我写信

在绵延万里的山脊

在此生梦的屋顶

万丈悬崖，吞下马蹄吐出的沙砾

那是后来者此生追赶的流星

码头

给我，你的手

就像悬崖把海给了海鸥

假如秋天里没有落叶

午夜里也不会有乡愁

就不会有人

也像你一样

浪迹天涯

走，会说话的脚在深夜里走

踢踢踏踏，絮叨着自由

即使那片土地

依然将我困在那里

河流锁紧，山川要埋我

——我也不会忘记你

天窗

总有一架梯子连接排气的天窗
找到那梯子，但我不会上去
它唯一的作用是给我有恃无恐的孤独
或为短暂的人生添上值得的漫长

你的秋天

雪，如何堆积在一颗低垂的头上的
你埋头赶路，拐杖显得如此瘦削

风又是如何在褶皱的裂谷里吹响的
礁岩的两岸，捧着入海的河流

你闭口不言，锅里煮的白粥将将好
秋天，果实日渐圆满，出现静物特征

路上熟悉的人，渐行渐远
眼睛花好呀，你有理由看不见

你闭上眼，想象着很高又很远的天
你的表情，和一个孤独的人不同

你知道总有一天，大家都会与你一般
苍老的星子长久的寂寞的闪烁

你说起我死去的爷爷，声音像是凋零的秋蝶
你用沉默对待我们相处的更多时候

有些身影一旦长久宁静，留下的回音永远颤动
奶奶，奶奶，你笑着看我，我沉默看天

稗子

一

没必要为求得成长坚实
尝遍每一粒盐

所有幼年的哭声，全都长成
沉默的智齿

二

人生是肥沃的麦田
人人都是饱满的麦子

我曾被称为田间随风生长的稗子

被赋予野蛮生长的胆子

三

影子、影子，麦子的影子
阳光下曾真实地站着一株稗子

每当我重回童年
童年便会流出黏稠的胆汁

晨雾

透过迷蒙的晨雾

或仅是幻象

阳光射进我的骨骼

和我的心灵一起

呈现在青灰色的地板上

——闪耀金属光泽的粉末

或仅是尘埃

风吹动窗帘、书本，和我

像是个比喻，阳光

透过迷蒙的晨雾

我看见了我

可以这样来描述的我

那年夏夜

那年夏夜

我们在雨中吵架

在睡梦中和解

在雨中涂黑了一匹麦色的马

那年夏夜我把伞留给你

把一地的日记留给你

种子在果实里腐烂

抱着许久前

我们纠缠于树底的气息

关于寂静

关于寂静

此刻我们无话可说

关于爱情

此刻我们无话可说

岁月啊，岁月

是一通无人接听

的电话

月下

我们做了同一个梦

在鱼鳞上

倒挂的海洋

我们约会

用伞代替月亮

每当我们欲言又止

相视一笑

齿间的铁锈

长出纯白色的羽绒

我们做了同一个梦

黎明

昨日的雏鸟
在父辈驻足的地方起飞
种子在花的萎落处
让过去变得宽敞

梅花鹿，以春天的皮毛
注释冬天遗落的花瓣
霜雪点缀，生命的鼓面

一轮红日
圈着我们的滚烫记忆
那些漆黑的足迹
将行囊与大海相连

英雄

抽干全身油脂，去
点亮一盏撕开黑暗的灯
站在风口，在岔路上

年轮

当鸽子落满夕阳边缘
背后的旧巢
是离开，唯一的障碍

那是它们与文明
唯一的界限
唯一是永恒升起阴霾

寒风在编织星辰最后的庇护
坐在悬崖边，织布
那些沉默的纹路跟踪月幕

我没有戒指，只有一场深梦
这是我们唯一的年轮
随着赤道，随着宇宙星辰旋转

大雁

在我离开之时
雨水长出大雁
大雁长出秋天
风下的老屋
长出低垂的眼睑

眼睑长出积水
填满一个个土坑
我在那里出生
向着远方扎根

那些与山结拜的山
森林与夕阳结下的姻缘
是我此生贫穷的亲戚

在一场大雨后
互不相见

那些夕阳下的鸟巢
收集远方的炊烟
在无人的老屋里
烹饪一个又一个旧梦

玉珠

无望的梦望着无望的风
沉默的星默写沉默的瞳
向着夜，空空
豆子倒出疲惫的竹筒

该讲一场查无此人的故事
稳坐高空的玉珠
带着捍卫者虚构的楔子
——陷阱来得不算很迟

当月亮推开漆黑的过去
我还在接近，期待被雾打湿
期待路灯上升起的月光
加冕逝去的年华

征途

黄土的东方

从麦田里长出马

在洪水中踢踏

在饥荒中踢踏

向着大海啊

向着高山

纠集鸽的棉花

书写星辰笔画

从赶路的脚下出发

一竖一横，一撇一捺

在蛮荒的沼泽里

走出一地神话

废墟

一个老人筛完麦子
筛完起皱的表皮
然后，他躺在那里
一座完整的废墟

他梦的大梁
往萎缩的肌肉里埋
废墟
致敬无尽岁月

无题

梦想是山谷涌动的形状
如透明的杯壁

隔着生活两两相望
风景里人，此生遥远

散步

徜徉于集市
抚摸身上的斑驳

像没削皮的菠萝
阳光剃我

有老者宠溺孙子的回音
啄了我的耳朵一下

返程

我该任由落叶拾起街道

清晰的脉络

补叙完整的记忆

我该独自走到楼房横生的街口

任由影子的墙，高高升起

你是我的

宇宙永恒之谜

我该以笨拙的方式铺垫又展开

幻想从全人类的古籍里

盲目地寻找契机

夜

眼睛外的眼睛望着窗帘
孤独的鱼孤独地数着孤独的鳞片
古老的山沉重地举起古老的岩

问题

写这些文字究竟有什么意义
或者说，写这些诗有什么意义
我只是想说
我改变不了世界
也改变不了你
该来的雨季总会来
该疼痛的诗行自然会颤动

三月的第一声春雷
令水淋淋的窗外
响成山花的生命
抚摸春天的文字
抑或是拥抱嫩绿的诗行
我的记忆包不住全部
也挽留不了分毫

陈述

湿淋林的窗外

稀薄的草地远处

拥挤着一群残疾的雏鸟

我心有余而力不足

面对这些小生命

我却一只也拯救不了

我只能摊开双手

我不能陪伴它们飞翔

也不能给予它们翅膀

我只能不断向它们描摹

风和云和雪的各种姿势

或闪烁地平线的辉煌

延缓愧疚的同时

徒增更多无望的悲伤

回答

离去的背影一定会消失

还有你要的承诺

生命庙堂永恒的火

我该怎样告诉你

鸟的墓场，鱼的坟茔

我该怎样解题，才能使

世上的每一场无名葬礼

拥有将近答案般的意义

相遇

我们甚至忘记了台词
忘记一条街沉默的拐角后
我们甚至忘了
被街道吞入的岁月
我突然想起
你总说咖啡不加糖块
像我苦涩的生活容不下你
倒挂的夕阳
凶猛地撞入我的胸膛

答案

一匹匹骏马

从我开裂的骨头里奔腾而出

马蹄声碎

记忆像脚印一样

深埋在泥土深处

我不在乎海的尽头

是幻灭或是虚无

我只在乎雨

曾经流在我眼窝的豁口里

顺着汗毛延展

古老的沙漠蚕食

古老的行人

向着未知，却不消失的意义

每一个赶路的夜晚

星星给我温柔的眼神

日常

砍柴，淘米，做饭

将橘红的回忆装进蓝色的碗

将湿漉漉的鸡毛打扫干净

坐在椅子上，看山

听一场大风将窗外的蝉蜕点燃

枕着窗帘度过每一个夜晚

想象海洋不具象的蔚蓝

想象浮游生物咬着流星

却怎么也找不着童年的村口

镜子里，一张漆黑的脸

在漆黑中拾起闪烁的碎片

像流浪狗把骨头嚼碎

骑鸥者

生活是海，口袋是一具龟壳
需要一些蜷缩的肌肉
而我骑在梦的背上
等待一只具体的海鸥

不声不响

我等待的爱情不声不响
无法署名，具有编织信的荒凉

我等的爱情不声不响
你安静地摇上车窗

药

清晨，坐在窗边
我吞下一颗叫太阳的药丸
风，冷藏着病痛

每一扇黎明亮起的窗户
为每一只深夜里的眼睛
做手术，伤痕翻卷，伤口缝合

未曾示人的暗疾已被取走
破晓啊破晓，太阳
你有一万把金色的小刀

失忆

一把两把，灯，剪开瞳的深底
桥边长江滑落，寒星匿迹
暗藻，掩护着幽暗的鱼群别离
光，碎玻璃闪耀
掉入水中；水，淹没喉结
答案漂浮在水中，让记忆沉陷

静听

用我的肩膀代替被水淹没的桨
你一脚蹬开我的甲板
目击者是一群透明海鸥
远方的灯塔开始巍巍抖颤

去吧。许多年前
你说总有一座岛屿属于你
于是我住进一座偏远寒冷的岛屿
没人能再找到我

他失掉整片大陆，许多年后
这个男人捡起潮湿的海螺
在回声与翅膀扇动的寂静里，感受
在遥远的水边，也有人在静静地听

夏夜

蝉鸣随风寻至你的窗前

风铃轻响

粘连的胶卷，拼凑出你过往的生活

玻璃杯里纠缠着恢复色泽的叶片

笔记笺间密密麻麻，插满青禾

我不记得风是怎样推开窗帘的

当我在时间中回头

模糊的窗子内，盛满夜色

沉默

当燃烧天际的火焰逐渐枯竭

烟尘散尽

那一片沉默中，有你我要的真相

祭奠

孩子们列队迎接
万里会集的父母
成为归乡的长城
晚霞卧病的山峦
长出孤独的坟墓
脚印留下之后
泥土仍是泥土
黄昏中的麻雀
飞过沉默的老屋

秘密

在次日清晨
将体内剧毒的情愫呕吐而出
假装我从未爱过——
这盛满劣质酒水的身子
——你，或世间万物

你是我隐秘部位的伤疤
假若我已然到达——
你，或世间万物
——眼中都有我赤裸的样子
或求而不得的痛苦

幸福

他在宁静的天空下
在白鹤的翅膀上
也在点亮雨中蜡烛的执着中
甜甜地傻笑

壳里写书

雨刷让一辆车自证

它一直拥有清白的脸

横亘的桥锁住四方的路

在我一个人途经的夜晚

或许以冷静如雕像的方式反驳

泥状的肉便会长出棱角

一只肉身遗失的乌龟

此刻我已坐进其中沉默

闪现

雨滴剥啄我疲惫的脊骨
冬天的雨真实、冰冷
月亮是雨夜无法兑现的谎言
却会在我的一生之中闪现

欠条或日记

这一年的日记本，有几页
确实值得一记。有几页
关闭回忆中的脸
有几页是钥匙卡住的门
有几页是金鱼翻白的肚皮
遗漏了记下的一页
发生在灯火通明的夜晚
时间的指针
跃动在输液瓶的刻度线上
它还被谁，撕走一页
像从保险柜取走一张欠条

窗

窗敞开，宛如一块矩形的光
远方的风是无解函数
天空有纸，我有线条漆黑的笔

大地组诗

塔吊、钢钎，数以万吨计的
水泥与砖，在地平线上
它们将描绘一个可栖居的空间
成为大地上挺拔的组诗

心跳得那么快

像鱼一般，落款的笔，在浪里钻

此刻，它还想自剃满身鳞片

把它的一部分，送往通向远方的滚烫邮筒

乌云与雷，落鳞的号啕大哭

以一条鱼的身份，我飞着

飞在不可捉摸的潮汐间

一天

夜晚数着远方表格状的窗子，假装审视
我白天要在自己的窗子下做数学题
解到最后，仅剩一个数字
我把这唯一的答案锁进抽屉

在喧嚣的街头，我自动并入人群
陶醉于一生隐姓埋名
或许音乐能放大浴缸，我私人的海
这是离岸潮水般归来的睡眠

要领

每当积雪化作岁月的痛
堆叠在一个人头顶
他还可以回忆他夜晚
跪在另一个人身前
他明白，真诚附属于爱
因而他能见到新鲜的月亮
他仍是文明和幸福的孩子

在每一颗雨滴碎裂的时候

在锁死房门却又下意识地打开窗锁的时候
在环抱着刺痛的膝盖呕吐胃酸与酶的时候
在深夜被书架密密麻麻的牙齿讥讽的时候
在黑暗中鞋带突然散逃在楼梯拐角的时候
在看雨景时瞳孔不自觉地捕捉路人的时候
在每一颗雨滴碎裂的时候
我都会重新拾取许多温暖，想到许多名字

此时

像是烟雾在天空中环绕
回忆在剧情里燃烧
像是影子走过某个街角
像是一生，卷纸被摊开

我该怎样爱你

我该如何爱你，黎明
在每一个霜雪长出的夜晚
为你换上闪亮的马蹄

我该如何爱你，雨季
哪怕是用谎言与悲伤撒下的种子
我都期待它能愈合大地

我该怎样爱你，流星
我该怎样以萤火虫的卑微
拙劣地将你遗留在梦中

折不弯

走得太多，牛犊或许会变成蝼蚁
望得太远，遍体器官便只剩眼睛
我不求见世人所见，想你所想
只求我骨节向星的脊梁折不弯

海鱼

散步，走在叶落的地方
像是踩着童年
一眨眼，树，已高且长
电话，不知该打给谁
沉默的星浏览陌生的楼房

我们聊起曾经，聊起儿子
聊起未来他会搂住哪一位姑娘
婚礼上，我们的头发白得像今晚的月亮
或也是一个人，拨打着寂寞的远方

我们聊起工作，聊起未来亲人的死亡
一边彼此描绘父母的脸，一边坐在不同的路旁
我们摘着树叶，预测各自的秋天与鸟

或同时沉默，偷听话筒里风的形状

我们聊着大海，以两条年轻的鱼的模样
运河将我们相连，生活却把我们往不同的树上绑
我们聊着校园，聊着情侣每晚走在道路上
他们拥抱又分开，带着眼泪流往不同的暗巷

我们讲该给孩子取什么名字
或到底要不要孩子
我们聊着老师，聊简历上比画的量尺
像是礁石下身披苔藓两条密谋的鱼

影

午夜升起

猫在此刻醒来，我们此刻相爱

在这个孤独的世间做着鲜有人为的壮举

我们敲陌生房子的门

将一整条路灯的数量，烂熟于心

我们看星星，推测银河

我们一同想念被人群冲散的女孩

一张遗失掉的昂贵车票

在每一个桥头向下看

待不知缘由的水花涌起，淹没我们共用的心

我们走走停停，每一步都规避记忆

以一个外地人的方式，审视陌生的北京
每到一处空地，我们便一同幻想
若是搭建楼房，每平方米卖多少时光

该回家了，不要让家里人担心
我替你敲门，你替我噤声
我们倾听彼此，远走他乡的风云

淋浴

站于倾斜而下的水子中
肉体寂静
水滴碎于地板
是不甘寒寂的脉搏轰鸣

面具，口罩，衣服
褪下那些随我征战的虚伪
在唯我知晓的角落
让水往下流
从虚伪之峰到诚实之谷
从低垂的头到松弛的两股

遗忘人类的话语，遗忘城市喧嚣
肮脏的耳蜗深处，沉积着
白日梦的轰鸣

黑狗

被闪电撕开漆黑的皮

皮下，是肉肥的狗

向每一批四方觐见的零件狂吼

有人住医院，它在嚼骨头

有人在流血，它在喝红酒

点燃

在疲惫中我们不得不付出代价
燃尽肉体换取灵魂飞扬的筹码

这偌大的网格，将你我的脸割成
碎裂的镜子

我们只不过是倒计时的一支烟
在燃烧中我们不得不付出代价

在指缝中求生
星星和你对望，也会害怕

独木桥

还是没有出路。当价值
被远方的论据质疑
沉默的眼睛被喧嚣的真相注释

当行走在街上，火焰与冰
封装在冷漠的脸与偏执的眼睛里
当观点把愤怒拆解

当童年的幻影，在街尾驻足
得意者为失意者点灯
在道路漆黑的疤痕上熨成无声的剧毒

穷极一生，点一根不敢声张的蜡烛
以血，脂肪，与劳累的骨
在梦底拼一张亮了又糊的地图

勇者

镜中的你

一半是雾一半是影

一半是恶鬼一半是精灵

一半是野史一半是传说

一半是英雄一半是病弱

一半是青年一半是老者

一半向死一半求活

碎叶城

碎叶躺在地上
如躯壳被风解剖以释灵魂
如废墟被光照亮以献余响
阵风随白马奔驰
所到之处是
碎叶满地的城

故事

窗边，银杏树上长满小兽
熟落的橡木果，被远眺的眼睛没收
单枪匹马：阳光，往苏醒的身体里运送燃料
雾云在海上，替昨夜的梦燃烧

多少个老父亲，用力托着儿子的儿子
多少慈母，把编过的辫笑着重新再织
广场上，鸽子吻着鸽子，果实奔向果实
一片颤悠的叶，透过露与花蕊

向群蜂转述，新的故事。

大海腌制品

当你站在我面前，将爱情
说得那么郑重其事，我该如何凭直觉
便将前人的航灯沉入永夜
至于我捞上来的鲜红海带，你
大可不必大口地吃或往羞处遮
只需游一圈，你便会理解
为何我们在盐中才得以苟活

咖啡

当杯壁环抱着漆黑的冰
夕阳下，海潮透明
我们站在北纬思念雨林
站在北纬，思念一只公海马的孤单
当我们碰杯，涌起的泡沫是生活的卵

以一颗咖啡豆的方式，我们
在同一片土地上
各自长成，不同口味
蜜蜂追啊，蝴蝶飞啊
各自在春天里酝酿不为人知的苦

我们站在这里，北纬，思念热带
而白天黑夜有如叵测的钢琴

没有音乐，只有褐色的沫涌起
以一杯廉价饮料的方式，加糖
或在无人的角落里寂寞吞冰

燃烧

白酒点燃冰块，当我们碰杯时
船撞上船
水手们的眼神在燃烧，酒杯倾倒
当他们举杯相撞
那怦怦的心跳
是儿女清脆的哭声，伴着海潮
海里的鱼群在燃烧，向着孤独的礁石
或千年难遇的甲板起跳
火啊火，天空在远方燃烧
远航的亲人，用眼眶里的雨燃烧

那年夏天

那年夏天，我们把鞍戴在头上
在远离人群之地又摘下来
骑上星座的马匹
那年夏天，人潮拥挤
我拿手指在地图上比画那短短几厘米
走到春天，要经历多少个冬期

月亮亘古存在

一

月亮亘古存在
我却不曾开窗

若你圇图于海，无力返航
我哽咽的空白中不吐露你的名字

二

倘若我一直坐在窗边
我会想起你的吻

像月亮一样挂在天上

像那些无法到达的夜晚

三

月亮亘古存在
人类未曾开窗

自此人间的悲伤
便长成了风的模样

秋天，三千里

秋天，三千里
在与黑夜击剑的岁月里
霜月无敌

那将是怎样一场相遇
凌晨驶过夜桥的车怎样鸣笛
空旷的天空怎样进行索求者眼睛内的葬礼

三千里，从悲伤升起到落地
你有一整颗心脏，照耀人间同你一样的人
我是无人到来的夜晚，蔷薇枯萎的刺

阳光总将升起，我不否认
正如人一生总要走三千里
一个昼夜便是一次安息

雨天

吊扇卷起漩涡，吞吸思绪
大脑幸存于一场海难
抛下求生的眼睛，艇，向窗外看
此生孤苦在玻璃内，以存者之姿
雾色野兽于切片汇聚

高楼淋雨，等水，在路口积蓄
等待倒影，赐予一场短暂爱情
空楼层里，路过的模糊裙裾
空楼层如此生此龄，斯人已去
不过如此

窗边的茉莉蜜茶，把遗留的习惯
在苦中氧化。电线孤零零地

没有吉他。鸟儿只只如音符跪下

只只尖叫后，爆炸

转瞬即逝——

而我仅辨出雷，从高空跃下——

——于暮色谱曲

十月七日

把一个尚有余温的名字

从骨髓里剥离

给戴戒的无名指松绑。月亮，长睡不起

云是疲惫者的刑场，不是浴缸

信

雪走过的地方，掩盖漆黑的脚印
人走过的地方，踩散雪的表情
冬天是最长的季节，长到少女的头发灰白
长到一封寄往家乡的信
落款地字迹漫漶
让我为之写信的人说："海的那头
有春天。"我把自己寄给他时
我搁浅的地方，有一座雪正化的礁岩

单行线

一座城市，与另一座城市之间

有一道将驾驶我们的轨迹，与汽车

驾驶着我们一往无前的单行道岁月

驾驶高速公路上的青春与尾随的影子

终点与渴望旅途的眼睛连接你我

我将驶向茫茫荒原

驶向无人区的浪漫与无边的火

我将在篝火与星辰下高举

一个城市之外的故事

可当你将我推向右那一刻起，我便了然

你的目的地叫生活，我的取向是远方

路

生命的欲望刺破黄土
死亡的影子追赶两足
灵魂，被锁在楼里
等待一场无垠日出

空荡荡的树
将田边两个毫不相关的巢串联起来
一只壳的孤独，两次重复

断裂的树枝
每一根都有一场折断的故事
丰收的麦子
每一粒都有一生隐秘的积蓄

大棚清苦，野麦孤独

寻找意义的兔子

在风里赶路

风，空空

法则袭来，沉睡

明天醒来

生命的欲望刺破黄土

死亡的影子追赶两足

罪

我不愿附和虚构的天堂
以此为由，他们可能咒我下地狱
我不敢笑出声
真正见识到地狱的人
哪里胆敢在人群中去指认
不让希望靠光来照亮我
我自己闪耀，与他们相安无事
此罪无人能懂，此刑举世同谋

午后

窗外，树上雕刻着
风的声音

审判

他们等待着我们衰老，死去
等待一个时代句号般的头颅，垂落
像那些发生在每一具健康身体上的惨剧
那些尖叫与哀号，那些结痂的眼泪
我不知道眼泪流进伤口是怎样的感觉
我不知道活生生的头颅滚落在地是怎样的巨响
我不知道筋脉在锋刃之下迸发怎样绝望的抵抗
那一颗颗见识过春与阳光的头颅滚落
扬起的灰尘，将刽子手的表情遮挡

在一个隐秘的角落，或是宽敞的城镇上
蚂蚁在肉山中跋涉，鲫鱼在血海中挣扎
我不知道你是否记得一把刀闪烁的眼睛
那埋伏在今日汤勺里的眼睛

骑 鸥 者

那埋伏在明天水杯中的眼睛
我不敢在每一个和平的时刻打开饭碗
那些稻谷，时间长出我父辈血的食粮

跪在地上的人从面前的刀锋中窥见了血的夕阳
我不知道子弹里的骨髓是怎样滚烫
刀鞘里埋伏许久的犬牙是怎样冰凉
手指，节节落地，发出入地无门的叩响
而天空没有底，只有无尽下坠的魂灵与殇

我的手里被塞了把刀，一把滚烫的刀
刀架在脖子上，血肉冰凉
他们等待着我们死去，我们该死
好让这阴谋的蛆虫吞噬
他们把我的头颅当球踢
踢向历史的死角
火从鲜血上燃烧而来

我不知道腐烂的嘴唇如何拆穿鲜活的谎言
也不知道干瘪的眼神如何指认犯罪的屠杀者
我的喉咙只有腐臭与愤恨，从豁口泄露
让这世界知晓我的存在

光明不会屈从黑暗

罪行终将得到审判

如今我从新的嘴巴与新的眼睛里活了过来

他们等待历史被遗忘，等待骷髅的句号

而我将伫立在头颅之上，竖起怒斥的脊梁

质问太阳

指认创伤

街景

立秋高举第一杯奶茶

小雪炫耀第一份炸鸡

街道上烤红薯的老人消失

数十对情侣接吻

响应着信息浪潮的快门

仪式感在流水线上翻滚

一样的楼张嘴便是一样的门

一样的门张嘴吐出一样的人

逃进四通八达的街道

风

叶子是吻，影子是痕迹
每当你被提及
蒲公英消解着永恒的谜题

阳光总是穿过你迫近我身
而我只觉你的冷
像是无福消受暖意的败笔

每一个梦到昨夜的清晨
每一个渴求安眠的黄昏
星光都在敲响着你

叩问

本该是人站立的地方
为何长出一座一座高楼
为何工厂的搅拌机里塞满
疲惫的肉

我有最后一枚硬币，不留人间

马的眼中，有一些肿起的山峰
深夜里的蔷薇，藏着火的碎片
萤火虫，被过度的奢望超载，砰然炸裂

风将骨骼同化，砂将伤痕咬衔
公主的墓，顶在游子的头颅上
以梦为马，死于平凡

王朝更迭如云，美人与玉
埋入深山。草从山羊角上长出
阴郁的表情

要塞长出沙子，江河被落日堵满
不知为何人筑起的城墙

每一块石头都是孤单

篝火，无力地诉说着远古的幻象
我有最后一枚硬币，可买酒，可赏乐
但不想让它留在人间

少年

总喜欢在冷风中站着
看木叶浸入秋色
有些悲伤突兀涌起
有些怀念无从诉说
总喜欢看鸟，不管多远
都堂皇加之以鸦的称号
然后用冷酷的表情
凭空对抗星的微笑

总喜欢一个人走夜路
塌陷肩膀，假装有鬼神重负
将最伟大的使命与人格通通纳入
拐角躲避影追捕时，又倍感孤独
踏平的霜肿起漆黑的眼珠

割裂的风将麻木的耳蜗击鼓
总喜欢想象一座深夜温馨的咖啡馆
一个人蹲在篱笆旁将热带果实窥探

天晴的时候，云比影子更蓝
总喜欢往人多的地方流入
在熙熙攘攘的郁热里保持冷眼旁观
将折叠好的表情在玻璃上查验
无意地路过或粉或蓝的女孩，轻叹

在公园的石凳跷腿坐下，假意看书
却精心捕捉着每一只路过的脚步
想学老男人那样从容地点一根烟
却在剧烈咳嗽的泪水里，被阳光窥见

船票

她站在风里
站在夕阳下的上一秒钟
在光未曾探进的角落里
她的影子在原地蹲伏
编织起每一场未曾相逢的旧梦
乌鸦如波纹涌起
在一场来路不明的风中
湖泊背负船桨

死去的鱼群袒露心扉
将藏匿多年的坦言立起石碑
她的黑发在此触礁
遥不可及的湖底长出层层绿藻
岸边上有人在对着风声祈祷

他没有船票

只有一颗颅状的锚

在每一个孤独航行的夜晚

塔灯里燃起空洞的解药

在某一个航行的瞬间

也许前方真有那么一个小岛

他解开肋骨脱下皮肤

把表情折叠好

在黎明到来之前溺入

将脸浸泡

意义

万年以后
风
将吹响马的骨头
裸露在流沙中心的马蹄
夕阳下高举苍白之酒

浇筑

白天的鸽子在夜晚化身乌鸦

阳光满身的人洁白无瑕

当被定义的眼光褪去

城市从灼伤中露出煤的伤疤

走夜路的人蹒跚如路灯下的瘸腿蛾子

拐角前的影子

被水泥浇筑成沉默的框架

沙漠里的骆驼

天空降下永恒之雷
惊醒无妄之夜色
你高举从我身上割下的承诺

我明白你的眼神
许久以前干涸在沙漠里是头骆驼
看到了吗？天空深不可测

每一次日出时
你脸上神秘的笑容
都只不过是对前一夜苦痛的背叛

天空降下永恒之雷
惊醒无妄之夜色
唯有炙烤回忆，足将长夜焚干

边缘

夕阳坐在阳台上

海的瞳深被沉默点燃

疲惫的鸥鸟

将翅膀折叠好

成为夜的边缘

偷渡的鱼群

游向大洋彼岸

晚风里

一颗摇晃着的椰子

动荡的心

只因白鸽翻卷

晨梦

早晨的邻家
丛生的林木
浸蓝的水塔

一条土路，由远及近
连接着凝固岁月
连接血缘亲疏

一幅画，自迷蒙的眼睛展开
村民在食用大麦

隐翅虫，在鸡鸟的歌声中穿梭
带着金钱与齿轮的惩罚

谁睁开眼睛

谁就在没有青蛙的井底

害上乡愁

吻

蓝色的烟雾

通宵在少年头顶徘徊

孤单的蛾子，爬上键盘

坠入深夜诱惑的荧幕

失落、刺激、重复

重复、刺激、失落

一颗巨大的蓝色植物

在我漆黑的头顶长出

仅一瞬间

城市迷失在巨大的寒假

你牵着我的手从寒夜

走出。无数失眠的路灯

沉默着把我们经过

如今我只想起天台的铁栏
锈蚀。晚风骤远
深夜里你初次饮酒的嘴
有海的颜色

天空的情人

我是沙漠中孤身的侠客
为夜的墓地送上星的伤疤

我是天空的孤独情人
夕阳染红我枯萎的嘴唇

在我死时，闪电是情人的泪
在我死后，雷声是我的回答

不灭的光及火焰

深夜里，想象一颗流星
想象漫天的鱼散发着
奇异骨骼的亮

骑着虚无的马寻找消失的草地
月亮
把骑马者的眼睛沉入湖底

深夜里，驯服一只滚烫火狐
一场大火
烧毁了少年的阴影

成熟

我住进一所房子

在人声鼎沸的晴天睡觉

雨天又出去

我有一片未知的海

有只鸽子和一只乌鸦

在每一个我经过陌生人的清晨

在每一个陌生人舍弃我的黄昏

我有一匹马的主人

它骑着我如同它们骑着陌生人

在万物疯长的狂热季节里

我背负着主人，往海的方向走

潮湿的篝火旁升起，照耀远方

天空里的海鸥

一条河流纠缠我疲惫的趾头

黑暗的水

把我的影子灌满铁锈

终究我将被骑乘

走向虚无的沙漠

就连伤痕累累的影子也背弃我

皈依黑夜空敞的门

每一扇伤口都是苍白的星辰

梦化作流沙将我包裹

让我住进永恒的房子里

再没有爱恨情仇

再没有冬夏春秋

许久之后

干涸的玻璃下

有你疲惫的脚步

和一整套晚霞

我不会打开窗户

你也没有为我敲门

钟有铁的节奏

鸟有肉的歌声

深蓝的马

抱着怀中深蓝的马

在干枯的沙漠中

沉沉睡去

长成草的根

让岁月在沉船的胸口上

践踏

画像

她久久地坐在那里
炉子里生着火
她坐在那里
一言不发

她抱着一堆厚厚的沉默
炉子倒了
墙上的钟也老了
指针一动不动，停了
她久久地坐在那里
什么也不说

星光从屋顶渗漏下来
把她的嘴唇冻白

墙壁，终于倒了，她还记得
他走的方向
她久久地坐着，什么也不说

她久久地嵌在那里
在石头中央
画布和油漆环抱在那
在时光的窟裂里

她久久地
坐在炉火边
眺望，什么也不说
滚烫的大海
远方的荒凉

长明灯

你可以将我困在这墙中

这夜与泥污筑成的囚笼

像所有我与之同为人的一样

你可以关上窗扉

剥夺我的最后一片星空

昨天，今天，明天……

别让我再次张开双翼

环抱大海

让我做一个庸人

让我做一个俗梦

而你依然是

我身体最深处一个浅浅的幻梦

看白天黑夜如何把我

满了又空

走在盛秋的道路上

走在盛秋的道路上

草木孤独，泥土滚烫

云把暖风的吻层层铺开

大地孤独，长满阳光

迷幻的叶片

像一幕幕循环播放的默片

风一吹动

就开始残酷的展览

道路

走动着炙热的语言

尘土

分散在余温的芳香

远方空中

雁鸟眼里

存储着浪漫的影像
一朵朵洁白的名字
盛开在漫天的翅膀

陨

没有一个黎明
足够我醒来
没有一个雨天
使我沉睡
我打着黑夜的伞
去找寻星星的雨

昼谜

闹钟将你砸入人群
洗脸池的污水

大楼上的时针埋葬早餐
饥肠辘辘的蚊子，在耳畔叫

无数张不同的脸
口是心非

台灯下班，铁门也已沉酣
蹲下去系鞋带，鞋带被眼睛解开

意义

陨石将带来宇宙的回答
回答者，仍是那个提问的宇宙
偶然张开，又转瞬缄默的口
从不需要被决定的
给予决定的理由

遗忘

戒指拴不住的誓言消散在空中
用颓圮的身材换了场年轻的梦

消散的云流如同长裙
暴露出大地沟壑形的伤口

而我此刻坐在分娩的血泊中
用回忆交换不愿结痂的痛

切片

美好的世界，城市行人匆匆
宛如钢铁洪流中被齿轮追捕的虫

尾气的藤蔓，在司机间缠连
红灯，烫伤骑手的脸

独自走在公园湖畔静坐
夕阳宛如朝阳，照拂万物

黑鲫鱼

走吧

回到最初的时刻

回到圆心处

影子最短的旋涡

回到那座山中

亲吻峰顶的母乳

那流星使森林长出的

世界也使我们长出

让血红的鳞片开合

回到井底的古刹

走吧

蒲公英不会

举起我们的火把

走吧

磨圆的骨头不会

在血地里发芽

走吧

让我们身躯如山

背负大海

走吧

黑夜缝合你我的每一片

鳞

都在化石里开花

诗人

古海今岸空游千年，潮，依旧缠卷

诗人，在夜色中背着麦田

背起帝王兴师修建之壳或描金牌匾

背起雄将功成万枯之甲或血泪宝马

你颂歌空白处伟大的沉默

也是史书字行间无名的陈墨

你用命写满我长城屹立的牙，我站在河山上燃烧你血的

火把

战乱，一粒一粒麦子，是一粒一粒黄沙

盛世，一粒一粒黄沙，是一颗一颗泡沫

你不需要人记得你，但我记得

在玄土地里呕血、沥歌，写一万卷春秋

写麦麸在老母手中织起编钟，写编钟在儿们死后敲响神话

你不需要人记得你，没人把你忘记
屈原以死，生我养我
生我养我的四海之水、五岳三山
你——填满文明金色的缝

火锅

辣与酸各自烹煮
酱料里，生活迷路
平淡的要上色
使梦不清苦

土豆、海带
海底的与土里的，此生终
相遇，隔着大陆，落于沸釜
无数殊途同归的陌生人
各自走路
同归地府

进入我的胃里，进入我的脑子
组成我口里一生都不会提及它们的，句子。

在我的牙缝里，寻找酶与生物
被下一批食物冲洗，到阴暗的角落里
成为消化此生沉默的酵母

桌上，啤酒翻滚出沫，像柔软的泡芙
一饮而尽的人才清楚，其中的苦
那些无端的答案
我们各自想说的话
我们讲给各自沉默的心

我们碰杯，拿起筷子
你吃，我也吃
你挥手离去，我也挥手离去
只剩带汤的锅，依旧沸腾着
冬季来临前
一群素不相干的人围坐
这是这个故事的开始

而已

像是雾散尽后走近镜子
我的躯体里，有你——
海，横亘在我的肚脐。情节被搅碎
随着呼吸，或倒叙的潮汐

失声的海底，向更黑处
抛出一个失焦的谜题
海仍是海。你抛入的海螺
我长出的漩涡
在汹涌的引力中，仅此而已

闭

把书合上，让，电线缠住眼睛
变成一棵信息时代的仙人掌，忘记爱情
被扎破时泄露的火星

雪人

这是谁家的孩子
被大人遗忘在雪野
远处弥漫着孩子的笑声
笑声如降落伞

这冬日结成的蓓蕾
像成熟的果子落下来
在笑声中
堆积为沉默的守候

手持扫把的奶奶
我做环卫工人的奶奶
总爱与雪人面对面
大眼对雪眼

立春

谁的大脚

踩醒厚实的地头

谁的呵欠，懒洋洋

惊醒蛰伏的小虫

那条沉睡的蚯蚓

从春寒料峭的泥土中

拱出小脑袋

乍暖微寒的春风呵

不经意间惊扰了一只小鸟

又是谁让小鸟的呢喃

追赶着田野间的歌声

撞疼了

埋藏在泥土深处的

那颗种子

一颗又一颗的种子

在春风之中

在阵痛之中

在哆嗦之中

悄悄地

执着地

把自己

连同人间万物

站立成春天的模样

空间

一棵小草

揉着惺忪的睡眼

从沙砾中

探出那只沾着泥土的小手

扬呀扬呀

她只是想握住

躲在春风深处

那朵小小的迎春花

一只幼嫩的小鸟

从洞开的蛋壳

探出懵懂的脑壳

雪化后的春风深处

不知是小鸟在颤动

还是树枝在颤动

她在冬天中挣脱

她要挣脱出壳

她已挣脱出壳

她要用第一声

幼稚的啼鸣告白：

春天是时节，也是

召唤生机的空间

春光

山坳间的阳光
晃荡一下
山地上的影子
兴奋一回
雪融后的土地
总是那样躁动不安
正如
我深埋在青春里的
绿色思念
阳光晃动一下
土地松动一回
我的十六岁
看不到忙碌的身影
看得到

书声琅琅

春回大地

寻觅

一只四处觅食的小黑狗

在雪野中不停扒拉着

它扒呀扒呀

它是舍不得

遗留在雪野中

那块没有啃干净的骨头

它摇来摇去的长尾巴

摇醒了

那枝尚未绽开笑脸

却早已染上胭脂红的海棠

小黑狗羞得

遁入柴门

露出半条尾巴

阳光一样成长

中午的阳光

在云朵的扶持下是那么安静

阳光下的那排单杠双杠

像面对面的那几列士兵

站成阳光一样安静

滴着汗水的身影

正在训练场上上下飞舞

天上的阳光习惯了高处

空中的白云习惯了流动

练兵场上的我和战友

习惯了动作、吼叫和站立

习惯了目光平视前方

习惯了昂首挺胸

习惯了双手紧贴裤缝

习惯了这种风雨烈日下的

称作军人的坚硬姿态

此时一切都那么安静

骨骼和血液

倔强地生长着一种喧响的安静

远处的大树看见了什么

近处的小树听到了什么

两只小麻雀正在议论什么

伫立在水泥地上的新兵

正凝神屏气地思索

他，迷彩服样寂静无声

他，夏日里的阳光一样

霍霍生长

珞珈山的樱花

我看到一朵白云
在机翼的上端
开放成一树樱花
像樱花般烂漫的
肯定是珞珈山下
那座美丽校园的气息
飞机轰鸣时
我看到白色的云朵
人间最美的云朵

春天来了
樱花开了
明媚的四月醒了
珞珈山上的樱花

开过谢过

珞珈山的樱花
明年还会绽放
万米高空中
我透过飞机的舷窗
看得最清楚的
依然是
满天的云朵都在飘